나무의
어두움에
대하여

이난영 글, 그림

소동

"나무는 세상에서 가장 빠른 동물이다."

오래전에 라디오에서 들은 말입니다.
깊이 뿌리를 내리고 수많은 생명을 품기 때문이라고.

우리도 그런 깊은 뿌리를 내릴 수 있기를 바랍니다.

2023년 2월

이난영

1 부

나무의 어두움에 대하여

도시의 지평선

이곳에 이사 왔을 때 옥상이 있어서 참 좋았다. 마음껏 식물을 키울 수도 있고,
이불과 옷가지를 빨아 널면 한나절에 다 마르고, 그 햇볕 냄새 나는 것들을
다시 집으로 들여놓을 수 있어서 참 좋았다.

한 가지 힘들었던 점은 옥상에서 도시 전경을 바라보는 일이었다. 지평선
끝까지 고층 빌딩이 빽빽하게 들어서 숨이 막힐 것만 같은 그 풍경을,
나는 이사를 오고 첫 한두 해에는 자주 외면하고 살았다. 하지만
시간이 흐르면서 그 풍경에도 점차 익숙해졌고, 해질녘

옥상에 앉아 눈앞에 펼쳐진 도시를 멍하니 바라보는 일도 잦아졌다.

그즈음 우연히 어느 북디자이너의 작업실에 방문하게 되었다. 그 사람은
유명한 고전들의 표지를 맡아 작업하는 듯했다. 작업실에는 수많은 책이
진열되어 있었다. 찬찬히 책 제목을 훑어보는데 화려하고 세련된 책들
사이에서 유난히도 작고 빛바랜 책 한 권이 눈에 들어왔다. 현진건의
단편소설집 《고향》이었다. 학창시절 교과서에 실려 있던 〈운수 좋은 날〉의
줄거리나 장면이 오래도록 인상 깊게 남아 있었기에 다시 제대로 읽어보고

싶었고, 현진건의 다른 작품도 궁금해진 나는 결국 그 책을 빌려왔다.
옛 사람의 투박한 말투와 작가의 구수한 글발에 빠져, 나는 수록된 작품을
거의 단숨에 읽어 내려갔다. 다 읽고 나니 100년 전에도 지금과 같은 일이
일어났구나 싶었다.
소설의 마지막 장면에서 주인공 사내가 고향으로 가는 기차 안에서 읊조렸다는
노래, 사내가 멋모르고 불렀다는 그 노래가 마음속을 맴돌았다.

볏섬이나 나는 전토는

신작로가 되고요 —

말마디나 하는 친구는

감옥소로 가고요 —

담뱃대나 떠는 노인은

공동묘지 가고요 —

(…)

도시는 오늘도 도로를 내고
크레인은 오늘도 빌딩의 지평선을
또 한 뼘 쌓아올린다.

나는 가끔 크레인이 나무로 보인다.

할머니와 꽃나무

밥그릇 하나 들고
스물셋에 시집와
어느새 아흔 다 되신
모퉁이집 할머니

한 번도 찾아오지 않는
미국 간 손주 자랑하시다가

아이고
나무에 꽃이 피었구나
좋아하시면서

꽃잎처럼
앉아계신다

골목길 모퉁이집에 혼자 사는 할머니는 한 5년 전만 해도 정정한 편이었다. 그런데 재작년에 장롱 위에 있는 물건을 꺼내려다가 의자에서 떨어져서 한동안 병원 신세를 졌고, 그 일 이후로 많이 쇠약해졌다. 병원에서 돌아온 할머니는 이전보다 훨씬 느린 속도로 걸었고, 집 안에서도 거의 앉은 상태로 식사나 생활을 하는 것 같았다. 그렇게 반년 정도가 흘렀고, 두 다리에 일어설 힘이 아예 없어진 할머니는 은평구에 사는 할머니의 언니네에서 한 일주일 지내다가 결국 요양병원으로 보내졌다.

할머니는 비만 오면 집 앞에 화분을 내다 놓았다.

나중에 다시 그 화분을 본 것은 할머니의 첫째 아들 내외가 할머니의 빈집을 세놓기 위해 청소하러 왔을 때였다. 그 화분은 쓰레기 더미와 함께 먼지를 푹 덮어쓴 채 밖에 놓여 있었다. 나는 할머니의 아들 내외에게 인사를 드리고, 화분을 버리는 것이라면 내가 가져가서 키우겠다고 말씀드렸다.

화분을 집에 가지고 와서
잎에 잔뜩 쌓인 먼지를 닦아주고
오랫동안 아주 천천히 물을 줬다.
비가 내리듯이.

그리고 우리 집에서 가장 따뜻하고 밝은 곳에

할머니의 화분을 두었다.

이
사

( )

일어난 시간						잠드는 시간			

	지	난		6	년	간		살	았
던		집	은	6	년			내	내
	물	이		샜	다	.	그	래	서
	결	국		월	세	를		좀	
더		깎	아	주	겠	다	는		옆

집으로 이사를 하게 되었다. 그런데 동네 아주머니들이 월세를 깎아준 집주인에게 "더 받아도 모자랄 판에 월세를 왜 깎아? 집값 떨어지게 왜 그래?"라고 했다고 한다. 사람들은 왜 어쩌다가 돈밖에 모르게 되었을까.

동네에 나무 세 그루가 이사를 왔다.

이미 연세가 지긋한 노인 같은 나무들은, 붉게 파헤친 흙구덩이에 어설프게 심겨 있었는데, 얼마나 먼 길을 왔는지 너무 지쳐 보였다. 새로 이사 온 이곳은 또 얼마나 낯설지, 나무가 서 있는 풍경은 억지로 그린 그림처럼 조악하고 엉성했다. 여기저기 상처 난 붉은 몸은 지지대가 없이는 그대로 쓰러질 것만 같았다.

왜 뭇 생명들은 강제로 이주를 당하고, 뿌리 뽑히는 삶을 살아야만 할까.

나무들을 뒤로하고 집에 오는 길에, 처음 뿌리내렸던 그 자리에 그대로 살도록 내버려두면 얼마나 좋을까 하고 생각했다.

( )

2021 년 3 월 2 일 타요일 날씨 ☀ ☁ ☂ ⛄

일어난 시간	잠드는 시간

	오	늘		동	네	에		있	던
	많	은		나	무	가		뿌	리
째		뽑	혀		이	주	당	했	다
.	잘	린		뿌	리	가		땅	에
	질	질		끌	렀	고		나	뭇

가지 끝의 사마귀알집이 마구 흔들렸다. 간신히 뿌리를 내리고 잘 살던 나무를 왜 갑자기 다 뽑아버리는 것일까. 왜 자꾸만 나무를 자르고 이주시키고 가만 놔두질 않는 것일까. 그게 우리네 삶인 것 같아서 그다음은 우리 차례일 것 같아서 두렵다.

morning glory

최후의 만찬

집에 오는 길에 교차로의 양버즘나무가 잘려 있는 것을 보았다.
그루터기만 남은 나무 앞에는 한 노숙인이 딸기를 먹고 있었다. 순간, 나무의
영혼이 노숙인과 최후의 만찬을 하는 건가 했다.

나무는 하루아침에 잘려나갔다. 이틀째는 그루터기만 남았고, 사흘째는
그루터기까지 다 파내져 보도블럭으로 말끔히 덮여 있었다. 이제는 거기
나무가 있었다는 흔적조차 찾을 수 없다.

아낌없이 주는 나무의 마지막 장면처럼

노인이 그루터기에 앉아서 쉬는 그런,

슬픈 낭만조차 허락하지 않는 세상이다.

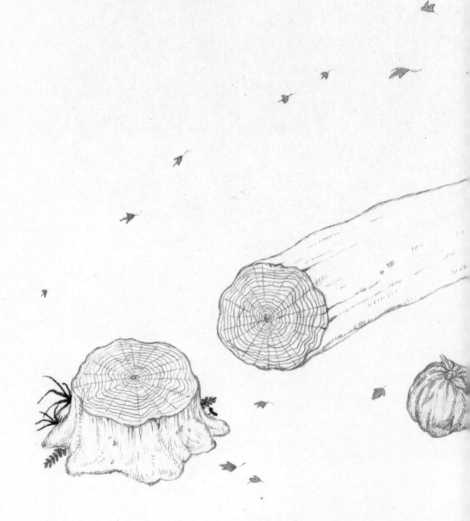

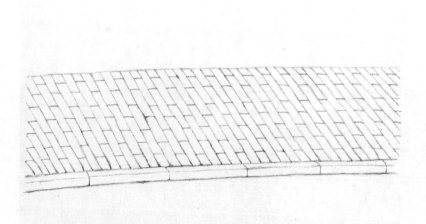

위험한 나무

동네 공원에 있던 수많은 나무가 한꺼번에 잘려나갈 뻔한 적이 있었다.
현수막에 쓰여 있는 구청 녹지과에 전화를 걸어 왜 벌목을 하는지 물었더니,
담당자는 이렇게 말했다.
"나무가 위험하기 때문이에요."
다행히 벌목은 계획대로는 진행되지 않았다. 작은 나무 몇 그루와 이미 죽은
나무 몇 그루만 잘렸다. 숲이 벌목된다는 소식에 동네 배드민턴 동호회
사람들과 공원 옆에 있는 예술인마을 사람들도 구청에 항의 전화를 했다고
한다.

나무가 위험하기 때문이라고?
이 정도는 되어야 나무가 위험한 것이겠지!

단호박 괴물

단호박 한 통을 사서 다 먹고 호기심에 씨앗 몇 개를 모종 포트에 심었는데
일주일이 지나니 싹이 났다.

머리로 흙을 들어 올리면서 세상에 나온 단호박은
넓적한 떡잎 위에 덮어쓴 흙덩이 때문인지
얼굴이 가려진 작은 괴물 같아 보였다.

그렇다면 단호박 괴물의 무기는 단호박일 것이다.

가로수와 턱시도

한겨울 함박눈이 펑펑 내리는 밤이었습니다.
횡단보도를 건너기 위해 신호를 기다리는데
근사한 턱시도를 차려입은 턱시도고양이가
가로수 아래에 죽어 있는 것을 보았습니다.
자동차에 치인 것을 누군가 나무 아래로
옮겨놓은 듯했습니다.

그 가로수를 기억합니다.
지난봄에 거대한 사다리차가 와서
한꺼번에 많은 가지를 잘라갔고,
이번 가을에는 낙엽도 전부 가져갔습니다.

그렇게 가진 것이 얼마 없는 가로수가
이 밤에 일어난 일을 전부 내려다보고 있었습니다.

네게 해줄 수 있는 일이 남아 있다며

한겨울 차갑게 굳어가는 턱시도의 몸을

따뜻한 뿌리로 부드럽게 감싸주었습니다.

봄

기나긴 겨울도 이젠 끝인가 보다.
집집마다 크고 작은 화분을 내다 놓았다.
정말 봄이 오는가 보다.

겨울에 모두 얼어 죽었나 싶을 정도로 조용하던 동네였는데 어제오늘, 뒷집
아저씨가 "어이쿠, 안녕하세요!" 하고 옥상 너머에서 인사를 했다. 앞집 언니도
"굿모닝이에요!" 하고 옥상 울타리 너머로 인사를 건네왔다.

정말 봄이 왔나 보다.

강아지와 축구를 하고 공원 벤치에 나란히 앉아 오랫동안 휴식을 취하는 남자.
벚나무 아래에서 한참 동안 벚꽃 사진을 찍는 여자.

봄이 오니 모든 풍경이 그림이 된다.

빗속의 풀벌레

작은 풀벌레 하나가
가느다란 풀잎 뒤에 숨어서
비바람을 피한다.

풀잎이 흔들리니
벌레도 흔들렸고

바람은 매서웠다.

여린 것들이
또 그렇게 여린 것들에
기대어 살아간다.

나무의 어두움에 대하여

비바람이 세차게 불던 날이었습니다.

어디선가 황급히 새들이 날아와
나무의 어두움 속으로 사라졌습니다.

아, 나무가 새들을 감쪽같이 보호해주고 있구나
저 어둠이 새들을 안전하게 지켜주고 있구나

하고 생각했습니다.

비바람을 피해

나무의 어두움 속에서

새들이 쉬어가고

나무의 어두움 속에서

벌레들이 살아가고

사람들도 그 어두움 속에서 쉼을 얻는구나

그러면

우리도 더 어두워져도 괜찮겠구나

생각했습니다.

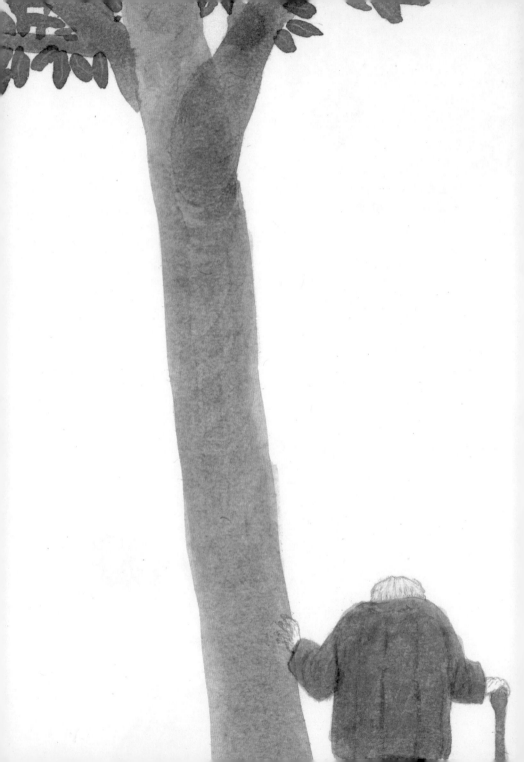

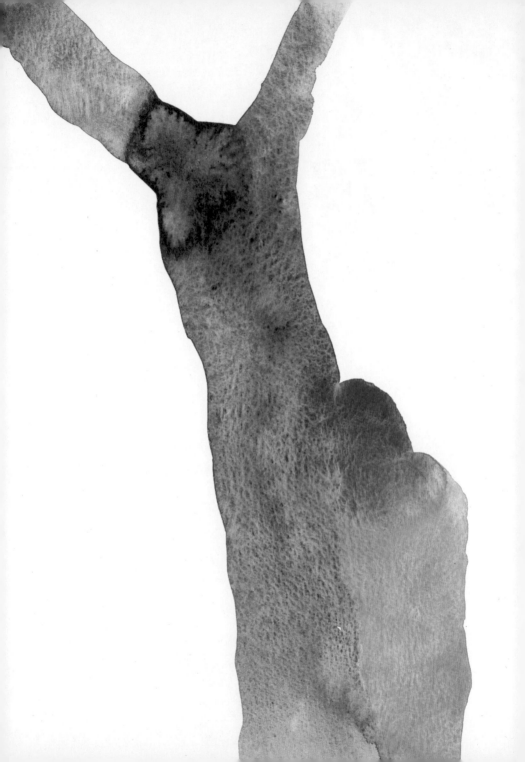

그러면

우리의 어두움 속에서

또 다른 생명이 쉼을 얻겠구나

생각했습니다.

2부

골목길 끝의 나무 한 그루

골목길 끝의 나무 한 그루

집 앞 골목길 끝에는
나무 한 그루가 있었습니다.

이 길 끝에는
나무 한 그루가 있었는데

비바람 불면
자꾸만 낙엽이 진다고
매미 울어대고 새 지저귀면
정신 사납다고

어느 날 갑자기
사람들이
나무를 잘랐습니다.

이 길 끝에는

나무 한 그루가 있었는데

이제는 없습니다.

나무 한 그루가 없어졌을 뿐인데
다른 것들도 함께 없어졌습니다.

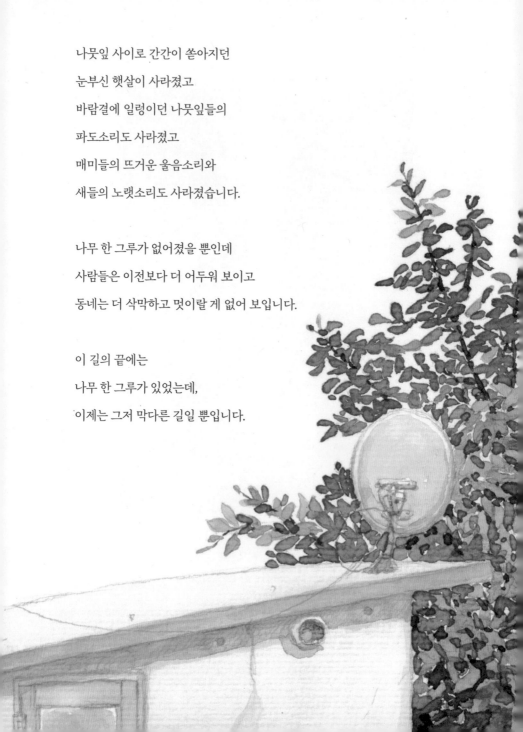

나뭇잎 사이로 간간이 쏟아지던
눈부신 햇살이 사라졌고
바람결에 일렁이던 나뭇잎들의
파도소리도 사라졌고
매미들의 뜨거운 울음소리와
새들의 노랫소리도 사라졌습니다.

나무 한 그루가 없어졌을 뿐인데
사람들은 이전보다 더 어두워 보이고
동네는 더 삭막하고 멋이랄 게 없어 보입니다.

이 길의 끝에는
나무 한 그루가 있었는데,
이제는 그저 막다른 길일 뿐입니다.

수레국화 한 송이

어느 봄날, 집 앞 골목길에 수레국화 한 송이가 피어 있는
것을 보았다. 수채화처럼 여리고 신비로운 파란 꽃잎은
마치 누군가가 잃어버린 값비싼 보석처럼 빛이 났고, 그
옆을 지나갈 때마다 나는 그냥 지나치지 못하고 한참을
관찰하곤 했다. 길구석 담벼락 틈의 꽃을 혹여나 사람들이
못 보고 밟을까 걱정이 되어 작은 돌멩이들을 동글게 모아
꽃이 있다고 표시해놓기도 하고, 날이 가물 때는 집에서
물을 가져와 주기도 했다.

그 꽃이 어느 날 뿌리째 뽑혀 내동댕이쳐져 있었다.
다행히 꺾인 것이 아니라서 뿌리는 그대로였다. 나는
그것을 집에 가져와 물에 한나절 담가놓았다가, 화분으로
옮겨주고 뿌리가 잘 내리기를 기다렸다. 점점 잎에 생기가
돌고 힘없이 떨구던 고개도 서서히 들었지만 그것도
잠깐이었다. 일주일 정도 지나자 꽃은 죽고 말았다.

그 뒤 어느 날, 해질녘 옥상에서 식물들을 살펴보던 나는 우연히 몇 해 전 이사
온 이웃의 옥상을 보고 깜짝 놀랐다.

노을 속에서 셀 수 없이 많은 파란 수레국화가 일제히 바람에 흔들리고 있었다. 내가 보살폈던 수레국화 한 송이는 그 집 옥상에서 날아온 씨앗에서 시작됐음이 분명했다.

며칠이 더 흘러 각자의 옥상에서 마주쳐 인사를 하게 되었다. 나는 골목길에
핀 수레국화 한 송이를 지극정성으로 보살폈지만 결국 죽고 말았다는 얘기를
해주었다. 파마결이 조금 풀린 단발머리의 그 이웃은 내 얘기를 조용히
들어주었다.

몇 시간 뒤 우리 집 현관문 앞에는 작은 모종 포트에 키가 크고 풍성한
수레국화가 한가득 담겨 있었다.

종량제 봉투와 꽃의 씨앗

꽃을 좋아하고 키우는 사람들은 안다. 꽃을 잘 키우기 위해서는 씨앗 관리가
매우 중요하다는 것을. 나는 처음에 그걸 잘 몰랐다. 뭐든지 그대로 두었다.
씨앗이 떨어져도 떨어지는 대로 내버려두었다. 그랬더니 이듬해에 온 사방에서
싹이 올라왔다. 그런 일을 겪으면서 들판에서 꽃을 키우는 게 아닌 이상 씨앗을
채취해야만 자라날 꽃에게도 좋다는 사실을 깨달았다.

그런데 채취를 시작하자, 이번에는 꽃들에게서 받은 씨앗이 수두룩해졌다. 제법
많은 양을 겨울 텃밭에 뿌려놓고도 항상 씨앗이 잔뜩 남았다. 더 이상 심을 곳도
없고 차마 버릴 수도 없어서 동네 공원에다 몰래 뿌려보기도 했다.

아는 사람들에게 씨앗을 나눠주기도 했다. 그러고도 한가득 남은 씨앗은
서랍이나 냉장고에 넣어놓지만 결국에는 대부분을 버리게 되었다.

어느 날, 보관해둔 씨앗을 종량제 봉투에 와르르 쏟아부었다. 속이 시원할 줄
알았는데 속이 더 상했다. 꽃의 씨앗을 종량제 봉투에 버리는 일은 꽤 슬펐다.

버려진 씨앗이 어디에선가 꽃을 피운다면.

꽃의 씨앗과, 우리가 버려야 했던 소중한 것을 위해
그림을 그렸다.

버
드
나
무

이
정
표

동네의 아픈 고양이들을 보러 가는 길에는 아름드리 버드나무 한 그루가
있었습니다. 왼쪽으로 가면 구내염을 앓고 있는 모리, 가리, 하리, 할리의
영역이고, 오른쪽으로 가면 나이가 지긋한 대륙이, 바다, 용암이, 혜성이,
금성이의 영역이었습니다.

어느 날, 갈림길 한가운데 우뚝 서 있던 버드나무가 잘려 있었습니다.

나는 또다시 중요한 이정표를 잃어버렸습니다.

아
이
러 꽝
브 하
 이
 !

동탄 신도시 아파트 건설현장에서 일하는 우리 동네 베트남 청년들은 일을
마치고 종종 경동시장에 들러 채소를 한 아름 사온다.
"누나! 경동시장 채소 싸요! 좋아요!"
'동우'라는 한국 이름을 가진 청년이 동생들을 데리고 시장에 다녀오면서, 환한
미소로 가파른 언덕길을 오른다.

동네에서 처음 베트남 청년들을 만났을 때, 한 청년이 나에게 "아이 러브
바쾅서(박항서)!"라고 했었다. 나는 '아이 러브 바쾅서'가 인사 대신인가 하는
생각에 웃으면서 "아이 러브 꽝하이!(베트남의 축구선수)"라고 대답했다. 그
이후로 가끔 마주치면 안부도 묻고 짧은 대화도 나누게 되었다.

청년들은 손바닥만 한 방에서 35만원의 월세를 나눠 내면서 무려 다섯 명이
함께 살았고, 작년에 다른 곳으로 이사를 갔다.

힙합음악을 좋아하는 청년, 축구공을 갖고 놀면 세상 신나는 청년, 공부를 더
하고 싶은 청년, 빨리 돈 벌어서 집에 가고 싶은 앳된 청년.
모두 무사히 고향에 돌아가 자신의 꿈을 마음껏 이루기를.

뒷집 아저씨와 일렉기타

매년 봄, 뒷집 아저씨네 앞마당에는 노란 겹황매화가 한가득

피어난다. 그림에서 왼쪽이 우리 집 안방 창문이기 때문에 꽃이

피고 지는 모습이 아주 잘 보인다. 젊은 시절 중동 건설현장에서

일했다는 아저씨는 요즘은 서울 근교에서 재활용 쓰레기를

분리하는 일을 한다.

아저씨는 쉬는 날에 가끔씩 일렉기타를 치는데 멜로디는 항상

같다. 멜로디가 같은 이유가 그 멜로디를 좋아하기 때문인지, 같은

부분에서 자꾸 실수하기 때문인지, 아니면 그 부분만 연주할 줄

알기 때문인지 잘 모르겠다.

아저씨의 연주는 언제나

아리랑의 한 대목이거나

어느 트로트의 한 소절이다.

부동산 아저씨

작업실이 있으면 좋겠다 싶어서 가끔 길에서 부동산
아저씨를 마주치면 싸게 나온 방이 있는지 여쭤보곤 했다.
하지만 아저씨는 대답을 시원하게 해준 적이 없었다.

어느 날 갑자기 아저씨는 자신의 집이 열두 채나 되고, 경찰 공무원이었기 때문에 연금을 한 오백씩 받지만, 할 일이 없어서 심심풀이로 부동산을 하고 있다는 이야기를 했다. 그리고 "돈이 권력이지! 1억으로 10억 만드는 법 알려줄 테니까 놀러와!" 하고 아주 큰 목소리로 말했다. 그 일 이후로 나는 더 이상 아저씨에게 '싸게 나온 방'에 관해 물어보지 않게 되었다.

골목 끝집 아저씨

어느 날은 골목길 끝집에 사는 아저씨가 슈퍼 아주머니와 웬 이삿짐 이야기를
하고 있었다. 그래서 나는 아저씨에게 이사를 가시느냐고 여쭈어보았다.
아저씨는 씨익 웃으면서, "네! 130평짜리 아파트로 이사 갑니다!" 했다.
며칠 후 뽕나무에 새까맣게 열린 오디를 따려 하는데, 마침 아저씨가 지나갔다.
나는 인사를 드리고 언제 이사를 가시느냐고 여쭤보았다. 그랬더니 아저씨는
또 씨익 웃으시면서, 자신이 이사 가는 게 아니라 자신의 집에 오랫동안 세
들어 사신 할머니가 이사 가는 것이라고 했다.

"세월이 40년이에요. 정도 참 많이 들었고, 가족이나 마찬가지지요.
영 서운하고."
아저씨는 할머니가 발산역으로 이사를 가자 거의 매일같이 할머니를 보러
먼 길을 다녀온다.

오늘은 손수 수박화채를 만들어서 지하철역을 향했다.

덜컹덜컹 식물 트럭

동네에 식물 트럭이 오는 날이면 얼마나 신이 나는지 모른다.

한참 동안 구경한다. 그러다가

덜컹덜컹 실려 다니는 식물도,

애물단지를 싣고 다니는 아저씨도 애달파져서

작은 화분 한두 개를 산다.

계단 할머니

비녀를 꽂고
계단 입구에 앉아

조심히 올라가세요.
조심히 내려가세요.

때로는
하나님 축복 많이 받아요.
하시는 할머니가
오늘은
바람에 젖은 머리 풀어헤치고

곱게 빗질을
하고 계신다.

작고 오래된 동네에 살다 보니 앞집, 뒷집, 옆집을 비롯해 마을 여러 이웃의
외모와 특징이 눈에 들어오고 특정한 기억도 쌓이게 되면서, 그들에 대한
나만의 별명이 생기기 시작했다. 가령, 옆집 아주머니는 테이블을 두 개나
나눠주셔서 '테이블 아주머니', 옆집 할머니는 꽃을 무척 좋아하시기 때문에
'꽃 할머니', 뒷집 아주머니는 목소리가 크고 자주 화를 내시기 때문에 '앵그리
아주머니', 골목 끝집에 사는 연세가 가장 많은 할머니는 언젠가 물(생수)을 두

통 사서 우리 집 현관문에 걸어두었기 때문에 '물 할머니',
시장에서 팔다가 남은 멸치를 나에게 강매하려고 했던
조그맣고 머리가 새하얀 할머니는 '멸치 할머니', 옥상에서
골프 연습을 하는 앞집 삼촌은 '골프 삼촌', 언제나 동네
입구 계단에 앉아 있는 할머니는 '계단 할머니'이다.

한동안 잘 보이지 않던 계단 할머니가 오랜만에 나와 앉아
계시기에 반가운 마음으로 인사를 드렸더니, 할머니는
요즘 몸이 안 좋아서 밖에 나오질 못했다고 한다. 몸이
너무 아파서 빨리 죽어버렸으면 좋겠다고, 얼른 하나님
곁으로 가고 싶다고 한다.
할머니와 나는 계단에 앉아 해가 저물 때까지 이런저런
대화를 나누었다. 할머니는 제주도 출신이고 어렸을 때
가족이 육지로 왔지만 여전히 제주도 방언을 기억했다.
부모와 형제를 모두 먼저 떠나보내고 혼자가 된 지
오래되었으며, 일제시대에 일본 사람들 집을 다니며
허드렛일을 했기 때문에 일본어도 유창했다. 할머니는
옛날이야기 하나가 끝날 때면 "고레와 오오무카시노
하나시데스요(아주 먼 옛날의 이야기지)" 하며, 일본어로
추임새를 넣기도 했다.

그로부터 얼마 지나지 않아 할머니의 입원 소식을 듣게
되었다. 사람들 얘기로는 할머니가 계단에서 넘어진 적이
있는데, 최근 집에서 또 넘어져 허리를 크게 다쳤다고
했다.

어느 추운 겨울, 서대문 적십자병원 10층에 있는 병실을
찾아갔다. 할머니가 입원한 지 일주일째였다. 할머니는
이전부터 조금씩 치매증세를 보였는데 병상에 누워 꼼짝도
못하니 증상이 더 심해졌다. 누운 채로 아이처럼 울면서
집에 가고 싶다고 떼를 쓰고, 지금 이웃집에 잠깐 와 있는데
저기 바로 옆이 우리 집이니 같이 집에 가자고, 데려다
달라고 부탁하셨다. 지금 아파서 병원에 계시는 거라고
말씀드리면, 그러면 택시 타고 집에 가자고, 얼른 가자고
하셨다. 한 달 반 정도 병원에 누워만 있던 할머니는 한두
번 중환자실을 오가다가 끝내 '하나님' 곁으로 가셨다.
칠흑 같은 밤, 늙은 별 하나가 질 때 하늘에선 누가 마중
나와줬을까.

할머니가 돌아가시고 나서 할머니에게 의붓자식들이
있었다는 이야기를 들었다. 생전에 할머니를 찾아보지도
않고, 돌아가시기 전에 병원에도 와보지 않았던 이들은
할머니의 장례만은 성대하게 치렀다고 한다.

가끔씩 할머니가 앉아 있던 계단에 앉아 할머니가
바라보았을 풍경을 바라보곤 한다. 아파트와 고층 빌딩이
지평선을 이루는 이 도시의 풍경을.

할머니가 떠나시기 전에
할머니가 마지막으로 바라본 풍경이
잔잔한 바람이 부는 푸른 들판이나 꽃밭이었으면
얼마나 좋았을까.

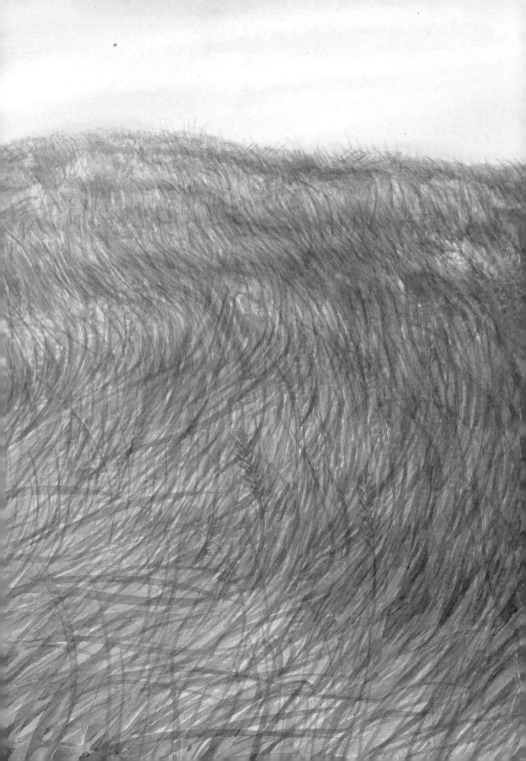

3부

옥상식물 공동체

꽃
할
머
니

옆집 사시는 꽃 할머니는

밤마다 무슨 재미있는 TV 프로를 보는지

자정이 넘은 시간에 난데없이 깔깔깔! 웃으신다.

모두가 잠든 깊은 밤에는 나지막이 찬송을 부르기도 하는데

얇은 콘크리트 벽을 뚫고 새어 들어오는 그 희미한 노래는

잠 못 이루는 밤, 최고의 자장가였다.

할머니는 또

꽃을 얼마나 사랑하는지

교회에서 돌보던 꽃들이 사람들의 무관심에

한겨울에 얼어 죽자

펑펑 울면서 집에 돌아오셨다.

할머니의 고향은 전라도 광주고

고인이 된 남편 분은 평생을 화가로 살다가

가족에게는 가난만 물려주고 떠났다고 하셨다.

5·18에 관한 기억, 남편의 그림 이야기,

학창시절에 영어를 잘해서 선생님께 칭찬받았던 일.

왜 꽃을 그토록 좋아하는지, 키우는 강아지들의 역사,

가난해서 서러웠던 인생 이야기.

많은 이야기를 들려준 좋은 친구였는데

지난겨울에 상도동으로 이사 가시고 말았다.

할머니의 옥상정원 스티로폼 박스에는
올해도 꽃들이 잔뜩 피어났다.
집수리를 하기 위해 일꾼들을 데리고 빈집을 방문한 젊은 집주인은
할머니의 스티로폼 박스에다 소변을 보았다.

할머니의 돌봄 없이 메말라가는 꽃들을 가만히 보고 있자니
잔잔한 파도 같은 슬픔이 밀려온다.

감
자
꽃
을

따
고
서

감자꽃을 땄다.

몇 주가 흐르는 동안

꽃을 잃은 감자는

새파랗게 아무런 표정이 없다.

꽃을 따야 알이 굵어진다기에

똑 하고 땄는데

내년에는 감자꽃 따지 말아야지.

내년에는 남의 말 듣지 말아야지.

다함께 일일연속극

우리 동네 아주머니와 할머니 들은 매일 저녁, 동네의 최고령 할머니 집에 다 같이 모여서 일일연속극을 본다.

연속극 하나가 끝나면 채널을 돌려서 다른 연속극을 보고, 그것이 끝나면 또 다른 것을 보는데, 그렇게 매일 무려 연속극 세 가지를 본다. 옛날처럼 TV가 귀해서 잘사는 집에 고이 모셔진 TV 구경 가는 것도 아니고, 놓칠 수 없는 스포츠 게임이나 재미있는 오락 프로그램을 보기 위해 TV 앞으로 몰려가는 시대도 다 지나갔는데, 이제는 집집마다 거대한 고화질 평면 TV가 있어도 휴대폰으로 각자 좋아하는 프로그램을 보는 시대인데, 매일 저녁 굳이 다같이 모여서 TV를 본다. 마을에는 옛날에 똥지게꾼이 골목골목을 다니며 똥을 퍼다 흔들흔들 위태롭게 내려가던 가파른 골목길과 계단이 아직 그대로 있다. 기술문명이 아무리 발달했어도 골목길의 세월만큼 오래된 마을의 공동체성은 변화시키지 못했다는 생각이 들었다.

아주머니와 할머니 들은 먹을 것이 있으면 나누고, 혼자 사는 할머니의 안부도 묻고, 뜨개질도 하다가, 정확히 밤 9시 35분이 되면, 잘 자요 푹 쉬세요 할머니

안녕히 주무세요 내일 봐요 골목길이 떠나가도록 인사를 나누고는, 희미한
가로등 불빛에 의지해 각자의 집으로 돌아간다.

고양이와 목련나무가 사는 빈집

오랫동안 비어 있는 집에는
고양이 가족이 살고
낡은 지붕 위로는 목련나무가 산다.

햇살 아래서
소보로빵 드시던 아저씨가
한겨울 내내 빈집을 수리했고

이제는 고양이 가족과
목련나무와
아저씨 아들과 친구가 함께 산다.

모두 함께 산다.

골프 삼촌

골목길 모퉁이집 삼촌은 지금 살고 있는 집에서 태어났고,
어느덧 오십 중반 되었다고 한다. 삼촌의 부모님이
돌아가시고 난 뒤, 아래층에는 삼촌의 누나가 살고
위층에는 삼촌이 살고 있다. 삼촌은, 고등학교 때만 해도
옥상에서 한강이 다 내려다보였는데, 이제는 보이는 게
아파트와 빌딩뿐이라고 종종 이야기한다. 한동안 누나와
남대문에서 옷 장사를 했고 크고 작은 실패도 경험했다가,
최근에는 평택 어딘가 일자리를 얻어 다닌다고 한다.
그리고 비가 오는 날이면 물이 고이는 낡은 옥상에서,
골프 연습을 한다.

키 작은 할머니

동네 입구에 사는 키가 아주 작은 할머니는 매년 봄이면 종로 5가에서
꽃모종을 잔뜩 사 온다. 그런데 유독 키가 아주 큰 꽃들을 사와서, 길쭉하고
토심이 깊은 도자기 화분에 심는다.

꽃 다 심어놓고 그 옆에 앉은 할머니.

햇살 아래 봄맞이하는 꽃 중에서
제일 작은 꽃.

민들레 아주머니

우리 동네 분식집 '민들레 푸드' 아주머니는 2002년 월드컵 거리응원전에서 김밥을 말아 팔던 것을 계기로 분식집을 열었고 민들레를 좋아해서 가게 이름에 '민들레'를 넣었다고 한다. 아주머니는 가끔씩 김치와 반찬과 국을 챙겨준다. 주말에 가게 문을 일찍 닫을 때는 남은 재료로 김밥 여러 줄을 싸주기도 한다. 아주머니와 나는 세대도 한참 다르고 관심사도 많이 다르지만, 최근에 본 영화나 드라마, 홍콩 배우 장국영이라든지, 적어지는 머리숱이나 외모에 대한 이야기, 그런 시시콜콜한 이야기들을 종종 나눈다.

어느 날은 아주머니가 "동네가 재개발되면 오래된 마을 공동체가 순식간에 사라져버리기 때문에 좋지 않다"는 말씀을 하셨다. 평소에 아주머니와 내가 사회문제에 관해 이야기를 나눈 적이 없었기 때문에 아주머니의 갑작스런 말씀이 나는 놀랍기도 하고 반갑기도 했다.

재작년 겨울에 동네의 재개발 투표가 찬성으로 끝난 이후, 골목길마다 낯선

사람이 더 자주 드나들고 집들은 두세 배 껑충 오른 가격으로 팔려나갔다. 느린 듯하지만 변화는 급작스럽게 찾아왔다.

민들레 아주머니는 원래 옆 동네 초등학교 앞에서 가게를 했었는데 재개발로 인해 이곳으로 옮겼다. 이 마을이 재개발이 되면 아주머니는 다시 새로운 공간을 찾아야 하고, 비교적 싼 임대료, 가게 단골, 친구들도 잃게 된다.

김치볶음밥, 인기 만점 제육덮밥, 추억의 오므라이스, 담백하고 건강한 비빔밥, 두 주먹 참치 주먹밥.

아주머니의 초등학교 동창 모임 때면 얻어 먹었던 파전과 막걸리 한 사발도.

아주머니의 정이 가득한 음식을 오랫동안 먹을 수 있었으면 좋겠다.

박스 할아버지

오랫동안 폐지 모으는 일을 한
할아버지는 이제 몸이 아파서 일을
하지 못한다. 87세 할아버지는 거대한
박스 더미를 실은 손수레를 끌고
매일같이 가파른 언덕을 몇 번이고
오갔다.

볕 좋은 날에 빨래 널어놓고
한 대 피우는 할아버지.
할아버지가 피우는 담배 라일락
한 갑을 사드렸더니 할아버지는
라일락처럼 그 향기처럼 웃는다.

집착을 버려라

지하철역에서 집으로 가는 길에는 지름길이 몇 갈래 있다.
그중에는 내가 '고사릿길'이라고 부르는 길도 있다. 그늘진 돌담 틈새마다
양치식물이 가득한 그 길은 거대한 나무가 있는 숲길처럼 신비롭고 오래된
느낌을 준다. 몇 해 전 겨울, 그 길의 어느 집주인이 돌담 틈새를 시멘트로
메꿔놓았다. 그때 나는 이듬해에는 고사리가 다시 자라지 못하겠구나 하고
생각했다. 그런데 놀랍게도 봄이 오자 시멘트의 작은 틈새로 고사리가
올라오기 시작했다. 고사리는 예전보다는 못하지만 한여름이 되면 여전히
풍성하게 자라서 길을 푸르고 서늘하게 만들어준다.
가와구치 요시카즈가 쓴 자연농법 관련 책 《신비한 밭에 서서》에는, "흙에
대한 집착을 버려라"는 인상적인 구절이 나온다. 퇴비, 좋은 흙, 좋은 땅에 대한
집착을 버려라. 왜냐하면 모든 식물은 각자의 자리에서 적응하며 살아가기
때문이다. 모든 자연에는 틈새 공간이 있고, 식물은 적절한 물과 빛과 공간이
있으면 그곳에 적응해서 살아간다는 이야기였다.
집착을 버린 공간.

그곳이 얼마나 척박하고 힘겨운 곳인지 잘 알고 있다.

노
상
방
뇨

하
하

대낮에 길 구석에서 어떤 아저씨가 노상방뇨를 하고 있었다.

나는 기분이 나빠져서 골목길을 돌아가는데,

다시 보니 아저씨는 채소밭에 물을 주고 있었다.

하 하 하 하 하 하 하

옥상식물 공동체

옥상 문을 열고 밖으로 나가면 숨이 확 트인다.
하늘만은 우리 모두의 것이라는 듯이.

우리 동네 이웃들은 옥상 공간을 좋아하고 잘 활용한다. 옥상에서 살다시피
하는 사람도 더러 있다. 이웃들이 옥상을 활용하는 방법은 제각각이지만,
옥상에는 어김없이 식물이 있다.

골목길에서 마주친 지 오랜 이웃도 모두 옥상에서 만난다. 모퉁이집
할머니가 심다 남은 쪽파 뿌리를 나눠주면 옆집, 뒷집이 갖다 심고,
옆집 아주머니는 또 다른 옆집 아주머니에게 얻어온 고추 모종을 심고,
아주머니는 부추나 상추를 다시 옆집에 나눠주고, 나는 옆집 꽃 할머니에게
날마다 꽃을 얻어다 심고. 그러다 보면 어떻게든 거의 매일같이 이웃을
만나고 얘기를 나누게 된다.

낮은 옥상 담벼락 너머로 사람들이 인사를 하고, 안부를 묻고, 식물을 나누고,

안 쓰는 물건을 나누고, 마음을 나눈다.

끝없이 펼쳐진 하늘 아래, 사람들이

그렇게 흐드러지게 피고, 지고, 살아간다.

나무와 태풍

몇 해 전 큰 태풍이 왔다. 예상보다 훨씬 바람이 강하게
불어왔고, 밖에서 물건이 떨어지는 소리도 들렸기 때문에
나는 점점차 옥상으로 올라가 보았다.

눈을 뜨고 몸도 가누기 힘든 비바람 속에서 멀리 나무 한
그루가 보였다. 그 나무는 우리 동네에서 가장 높은 곳에
있는 나무였다.

홀로 선 나무는 격정적인 춤을 추고 있었다. 뿌리는 땅을
움켜쥔 채, 놀랍도록 유연하게 온몸을 바람에 맡기고
있었다.

그날 태풍 속에서 동네의 작은 숲속
나무들도 보았다. 나무들은 모두
서로에게 기대 엇뉘어 있었다. 평소
부딪히지 않으려 애쓰던 옆 나무에게
이참에 마음껏 기대보자는 듯이.
이참에 마음껏 경계를 허물어보자는
듯이.
태풍을 기다렸다는 듯이.

4부

나무가 된 사람들

나무가 된 사람들

그 숲에 들어간 사람들은
울면서 나왔다.

나무가 하나씩 잘려나갈 때마다
옆에 있던 나무들이
입을 막고 울고 있었기 때문이다.

어떤 나무는 머리를 풀어헤치고 땅을 짚고 통곡을 했고
어떤 나무는 겁에 질려 드러눕고 말았으며
어떤 나무는 그 대신 나를 자르라고 소리쳤으며
어떤 나무는 두 손으로 귀를 막고 하염없이 울었으며
어떤 나무는 나무를 끌어안고 미안하다는 말만 되풀이했다.

그 숲에 들어간 사람들은

나무가 되어서 나왔다.

비자림로 숲 이야기

제주의 어느 평화롭던 숲에서

나무 천여 그루가 하루아침에

잘려나갔다는 소식과

사람들이 나무에 오르고

나무를 부둥켜안고

전기톱을 끌어안고

서로를 끌어안고

숲을 지키기 위해 싸우고 있다는

소식을 듣게 되었다.

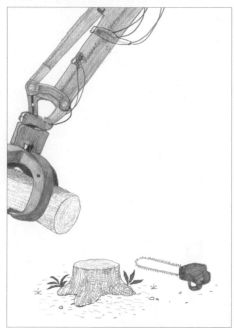

나는 그 소식을 듣고 한동안 마음이 너무 아팠다.

한동안 아프기만 하다가,

그 아픔을 그리기 시작했다.

사람들은 소리쳤다.

나무를 자르지 마세요!

우리가 사랑하는 숲이에요!

사람들은 소리쳤다.
내 몸에 손대지 마세요!
나무에 손대지 마세요!

사람들은 애원했다.
전기톱을 끌어안고
차라리 나를 자르라고 했다.

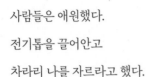

난개발로 멈춰버린 제주의 젖줄 천미천,
숲을 관통해 흐르는 냇물이
자유롭게 흘러가도록 내버려두라고.
애원했다.

이미 수천 그루가 잘려나간 숲에서
살아남은 나무들은 비통에 젖어 있었다.

고작 몇 분을 아끼기 위해서

그깟 도로를 넓히기 위해서

우리가 치러야 할 대가는 얼마나 큰가.

한순간에 벌목될 위기에 처한 팽나무 어르신이

난개발에 앞장서는 정치인과 개발업자 들을

크게 한번 혼줄 내주면 얼마나 좋을까.

사람들은 그 숲으로 갔다.

토마토를 싸들고

친구들을 위로하기 위해.

많은 사람들이 그 숲으로 갔다.

우리의 몸에 나무와 냇물과 숲과 바람과 계곡과 별이 있다며

숲을 지키는 일은 우리를 지키는 일이라며

사람들은 그 숲에서 만났다.

잘려나간 나무에서 어느새 아기 나무가 자라나고,

죽음이 곧 삶이 되는 신비로운 숲에서

흐려지는 눈시울에 자꾸만 희미해져 가는 세상에서

영문도 모른 채 피어난 맑은 꽃들 사이로

사람들은 그 숲으로 갔다.

팔색조, 호랑지빠귀, 흰뺨검둥오리, 파랑새, 제주큰오색딱따구리, 황조롱이,

중백로, 애기뿔소똥구리, 흰눈썹황금새…

이름만큼이나 개성 있는 생명으로 가득한 비자림로 숲.

아직 남아 있는 숲의 어두움을 좇아

그 어두움 속으로 날아드는 새들을 따라

사람들은 그 숲으로 갔다.

숲에 서식하는 멸종 위기의 새 사진을 멀리서라도 찍으면

숲을 살릴 수 있다는 믿음으로 숲의 곳곳을 다녔던 사람,

깜박하고 잠이 든 사이 그토록 기다렸던 새들은 모두 다녀갔는데.

사람들은 그 숲에서
나무를 끌어안기 시작했고
서로를 끌어안기 시작했다.

비자림로 숲은 시민들의 저항으로 약 3년 간 공사가 중단되었다.
잘려나간 나무들은 다시금 숲에 생명을 불어넣었고, 벌목 이후
벌거벗은 땅에서는 수많은 씨앗이 발아해 푸르름을 더했다.

하지만 숲이 스스로 일궈낸 재생과 회복의 시간은 머지않아
멈춰서고 말았다.

2018년 8월, 전국에서 가장 아름다운 도로로 선정되기도 했던 비자림로 숲은, 곧바로 천여 그루의 나무가 벌목되는 이해할 수 없는 일이 일어난 곳이다. 갑작스런 벌목 소식을 접한 시민, 환경운동가, 예술가, 청소년 등 다양한 사람들이 벌목 반대 운동에 참여해 공사가 약 3년 간 중단되었다.

2019년 5월, 시민들은 비자림로 숲에 멸종위기종인 애기뿔소똥구리가 있음을 확인했고, 천연기념물로 등록된 팔색조의 울음소리를 녹음했다. 영산강유역환경청에서도 이를 사실로 인정했다. 이 숲에 법정보호종이 서식하지 않는다고 기록한 기존의 환경영향평가가 엉터리로 작성됐던 것이다. 환경청은 제주도에 공사를 중지하고 환경저감 방안을 요청했다.

환경청과 제주도의 환경저감 대책은 2022년 2월에 완료됐다. 나무 184그루는 이식하고, 법정보호종 곤충은 포획 후 이주시킨다는 것이 주요 내용이었다. 하지만 2022년 10월 15일 숲을 찾은 시민들은 굴삭기와 아주 가까운 위치에서 애기뿔소똥구리를 발견했다. 인위적으로 작은 생명들을 이주시키겠다는 서류상의 약속이 얼마나 허술하고 무의미한지 보여주는 사례였다. 또한 제주도는 이식할 나무를 6개월 전부터 관리하기로 약속했지만 지키지 않고 있었다.

2022년 5월 비자림로 공사가 강행되었을 때, 법정보호종을 보호한다는 명분으로 공사 구간에 울타리가 설치됐다. 그때 사흘간 숲을 모니터링한 시민들은 멸종위기 야생생물 팔색조, 긴꼬리딱새, 솔부엉이, 맹꽁이의 울음소리를 다시금 확인했다.

2022년 9월, 제주도는 잘려나가고 남아 있던 나무뿌리를 파냈다.

평판화 작업이었다. 공사가 중단된 수년의 세월 동안 새롭게 자라났던 풀꽃과
어린 나무는 다시 뿌리뽑혔다. 단 몇 초 만에, 단 하루 만에.

2022년 10월, 전국 곳곳에서 숲으로 보내온 수많은 손걸개그림이 뜯기고 훼손됐다.
시민들은 다시 수선해서 걸어놓았다.

숲을 얼마나 더 파괴해야
얼마나 많은 생명이 더 사라지고 멸종돼야
우리의 속도와 발전에 대한 욕망이 멈출까.

*참고 기사
'멸종위기 2급' 깡그리 잡아들인 제주도, 그 기막힌 결말(오마이뉴스, 김순애 기자)
"자연이 인간의 것이냐"··· 숨통이 끊기기 직전, 숲이 물었다(세계일보, 하상윤 기자)
페이스북 그룹 '비자림로 삼나무 통신'(그린씨)

5 부

녹색에 대한 기억

녹색에 대한 기억

나는 나무 한 그루 없는 울산의 한 시장통에서 어린 시절을 보냈다. 어린

시절의 녹색 하면 떠오르는 것은 다음과 같다.

사방이 시멘트였던 집 앞 큰길가에 나타난 아주 작은 청개구리가 귀여워서 내

손안에 가두었던 기억. 잠시 후 녹색의 보석 같았던 그 개구리가 괴물처럼 죽어

있던 기억.

덤프트럭이 시장 모퉁이에서 미나리를 팔던 할머니의 연둣빛을 뭉갠 기억.

할머니가 즉사했다는 소식을 들었던 기억. 오랫동안 소쿠리에 담겨 있던

미나리처럼 할머니는 흐물흐물해졌을까, 아니면 행인에게 여러 번 밟힌

아스팔트 위 미나리 몇 줄기처럼 납작해졌을까, 헤아려보았던 기억.

공장의 노동자들이 스스로를 베어내고 큰 시위대에 합류한 날, 온 도시가

최루탄가스로 뒤덮인 그날, 시장통에서 길을 잃고 헤매다 '햇살 미장원' 거울

밑으로 기어들어가 숨을 꾹 참았던 기억. 공포의 무법천지 속에서 풀색이었던

메마른 풀들은 이내 잿빛으로 타들어갔고 어둠속으로 사라졌다.

그런 기억들뿐이다.

녹색에 대한 기억은.

나무 한 그루 없는 곳에서 자란 내가, 나무에 대한 일말의 지식도 추억도 없는 내가, 왜 나무에 대한 이야기를 하는가 생각해 보았다. 환경론자여서도 아니고, 그린아나키스트여서도 아니고, 에코페미니스트여서도 아니고, 그냥 나무가 멋있고 아름다워서도 아니다. 빼앗긴 어린 시절에 서서 울먹이고 있는 어린아이가, 그루터기까지 송두리째 사라져가는 것을 지금 이 순간에도 목격하게 되면서, 그것이 연민이 되고, 고백할 수 없는 사랑이 되고, 하늘을 두 동강 내고 싶은 분노가 되고, 잃어버린 뿌리에 대한 깊은 절망이 되었을 뿐이다.

나를 찾아온 하늘소

한나절을 현관문 앞에 쪼그려 앉아 있었다. 검은 몸에 흰
점 여러 개가 박혀 있는 거대한 벌레 하나를 경이롭고
두려운 마음으로 바라보는 중이었다. 낚싯대같이 길고
가느다란 더듬이는 마치 첨단의 기계처럼 정밀하게
움직였고, 정확한 위치에 반복적으로 나 있는 흰 점들은
징그러우면서도 자꾸만 내 시선을 사로잡았다. 내
손가락만 한 벌레는, 바로 옆에 내가 있다는 것을 아는지
모르는지, 나와는 전혀 다른 세계 속에 있는 듯했다.
가끔씩 더듬이를 까딱거리거나 서서히 몸의 방향을
바꾸기도 했지만 전체적으로는 아무런 움직임이 없는
것이나 마찬가지였다.
밝은 날이었던 것을 기억한다. 그늘이 졌기 때문이다.
나의 작은 몸 한쪽은 따뜻했고 다른 한쪽은 푸른빛 도는
그늘에 있었다. 내가 자세를 고쳐 앉을 때마다 그늘이

졌다가 햇볕이 들었다가를 반복했지만, 벌레는 계속 같은
자리에 있었다. 얼마나 시간이 지났을까. 일을 마치고
돌아오신 엄마, 아빠가 "밥 먹어라!"고 했기 때문이었는지,
한여름마다 하던 납량 특집 드라마를 볼 시간이 됐기
때문인지 나는 자리를 박차고 집으로 뛰어 들어갔다.
그리고 벌레를 까맣게 잊어버렸다.
한나절 벌레를 보다가 뛰어 들어간 어둑한 방, 텔레비전
화면이 달빛처럼 비치던 방.
그날 밤 나는 손가락에 무언가가 느껴져서 잠에서 깼다.
나는 비명을 내지르고 말았다. 낮에 보았던 그 벌레가 내
손가락에 떡하니 앉아 있었던 것이다. 비명소리를 듣고
엄마가 부리나케 달려와 재빨리 벌레를 처치했다. 다음날
학교를 가기 위해 집을 나서려는데, 현관문 앞에 그 벌레가
죽어 있는 것을 보았다. 더듬이 하나를 잃고서 어제 보았던
자리 근처에 내동댕이쳐져 있었다. 어제는 빛과 어둠
사이를 느리게 오가더니 오늘은 죽어서 그늘조차, 미동조차
없는 벌레.

나는 가끔 어떤 걱정을 한다. 그 벌레가 나를 나무라고
생각했으면 어쩌지 하는. 나무를 찾아왔는데 나무에게
죽임을 당한 거면 어쩌지 하는.

내가 처음 뿌리내린 날

"우리 반에 영세민이 두 명 있구나."

초등학교 3학년 어느 종례시간.
담임 선생님이 내 이름과 친구의 이름을 불렀다.
모두의 앞에서 이름이 불린 것이 부끄러웠던 나는
한참 동안 얼굴을 파묻고 서 있었다.

그때의 일을 다시 돌이켜보니
그 어두움이 나를 뿌리내리게 했다.

나는 나무가 되었다.

분홍빛 앵두나무

우리 집 작은방 창문에서 보이는 풍경의 절반은 앞집 벽과 창문이고, 나머지
절반은 앞집 옥상의 항아리, 화분, 빨랫줄 등이다. 그 위로 얽히고설킨 전깃줄과
토막 난 하늘이 보인다. 손을 뻗으면 닿을 정도로 집들이 가까이 붙어 있어서
창문을 거의 가리는 이웃집 때문에 답답할 때도 많다. 그래도 앞집 할머니가
옥상에서 키우는 작은 나무 한 그루가 겨울을 이겨내고 봄에 새잎을 내는
모습을 보면서 창문으로 보이는 풍경에 매력을 느끼기 시작했다. 그 작은
나무는 겨울 동안에는 죽었나 싶을 정도로 피폐하고 메마른 모습이었지만
봄이 오면 가장 먼저 여린 연둣빛 잎을 피워냈다. 그 작은 연둣빛은 나에게
봄의 신호탄이었다.

한창 무더위가 기승을 부리던 여름, 그 나무가 뿌리째 뽑혀 옥상 뙤약볕에 뉘어
있었다. 뽑힌 지 며칠이 흘렀는지 나뭇잎이 모두 힘없이 축 처져 있었다. 나는
옥상 너머로 할머니를 뵀을 때 그 나무를 나에게 주시면 다시 심어보겠다고
말씀드렸다. 할머니는 수년 전 종묘상에서 샀던 앵두나무인데, 도통 꽃을
피우지 않아서 버리려 했다고 했다. 할머니는 나무에게 미안한 마음 반, 이미

뽑힌 나무까지 갖다 심겠다는 내가 별나다고
생각하는 마음 반으로 옥상 담벼락 너머로
나무를 건네주었다.

그렇게 우리 집으로 오게 된 앵두나무는 올해도
꽃이 아니라 잎을 먼저 냈다. 지난겨울이
유난히도 길고 추웠기 때문에 얼어 죽진 않을지
걱정했는데 메마른 가지마다 작은 연둣빛
잎을 피워냈다. 그 연둣빛 잎의 끄트머리에
연분홍빛깔이 살짝 물들어 있어서 그것이 마치
꽃봉오리 같기도 했다.

이 세상에는 단지 살아 있다는 이유만으로도
아름다운 존재들이 참 많다.

쑥
갓
꽃
구
경

나의 옥상 텃밭은 규모는 작아도 식물의 종류가 꽤
다양하다. 옆집 꽃 할머니와 슈퍼 아주머니에게 받아서
키우게 된 꽃이 많고, 채소도 제법 여러 종류고, 허브나
작은 나무도 있다.

작년에는 쑥갓이 몸에 좋다는 말을 어디서 듣고 처음으로
쑥갓 모종 몇 개를 심어보았다. 쑥갓은 어찌나 잘 자라는지
쑥쑥 자라기 때문에 이름이 쑥갓인가 할 만큼 성장이
빨랐다. 그런데 자라는 모습을 대견하게 여기고 관찰만
하다 보니 뜯어 먹지도 못했는데 어느새 여기저기
꽃봉오리가 생기고 말았다. 쑥갓은 다른 나라에서는
관상용으로 기를 만큼 꽃이 예쁘다고 하길래, 얼마나
예쁜 꽃이 피는가 보자 하면서 나는 아예 꽃봉오리가
열리기만을 기다렸다.

장대비가 내리고, 바람이 세게 불던 며칠 동안, 쑥갓의
꽃봉오리는 꽉 쥔 주먹처럼 단단히 감싸여 있었다. 몇
밤이 지나자, 손가락을 하나둘씩 펼치듯 쑥갓이 잎을 열어
숨겨놓았던 꽃을 보여주었다.

꽃구경하느라 그렇게 쑥갓 농사는 물 건너갔다.

친구의 식물 상자

어느 겨울날, 친구의 집 거실에서 작은 식물 상자를 봤다. 따뜻하게 햇볕을
받고 있는 상자가 얼마나 예뻤는지 모른다. 아마 나는 그때부터 식물에 관심을
가졌던 것 같다. 그로부터 얼마 안 가 하나둘씩 작은 식물을 나의 방 창가에
두었기 때문이다.

화분 방향을 매일 조금씩 돌려줘야 식물이 한쪽으로 기울지 않고 예쁘게
자란다는 조언과 함께, 나는 장미허브처럼 쉽게 자라는 작은 식물들을
친구에게서 얻어 왔다.

그때 내가 살았던 곳은 경기도 양평. 개울이 흐르는 깊은 산속이었다.
주변이 온통 나무와 풀이었기 때문에 굳이 식물을 키울 필요를 느끼지 못했다.
하지만 친구의 식물 상자는 분명히 특별한 데가 있었다. 도움을 필요로 하는
생명을 곁에 두고 위로를 받는 시간은 말 못할 그리움이 쌓여 삶이 아련해지던
시기와 맞닿아 있었다.

그 친구의 닉네임은 '마리솔'이었다. 마리솔은 마리솔 같은 사람이 되고 싶어서

222

닉네임을 마리솔로 지었다고 했는데, 나는 마리솔이 어느
영화배우의 이름인지, 어느 동화책에 나오는 주인공의
이름인지 아직 모른다. 연락한 지 오래 되었지만 가끔
뜬금없이 전화나 문자로 마리솔이 무슨 뜻이었는지
물어보고 싶다.

동사무소 창문

20대 초반에 처음 서울에 올라와서 했던 일은 서울역 뒤편의 후미진 골목에 있던 작고 허름한 식당에서의 서빙이었다. 그린고시원이라는 곳에 살면서 새벽같이 일어나 '알바'를 하고 그 월급으로 고시원 월세를 내는 빠듯한 생활이었다. 내가 식당 문을 열고 청소를 해놓으면 30여 분 후에 사장님이 와서 재료를 준비했고, 점심시간에 몰려드는 손님들에게 뚝배기나 제육볶음 같은 음식을 총알처럼 나르고 치우는 게 내 일이었다. 고단했지만, 사장님이 종종 남은 음식이나 잔반을 싸주기도 했기 때문에 생활비를 아낄 수 있어서 좋았다.

어느 날 평소처럼 일을 하러 갔는데 식당 문이 굳게 닫혀 있었다. 열쇠도 늘 있던 자리에 없고, 사장님은 전화를 받지 않았다. 나는 한참 동안 식당 앞을 서성이다가 고시원으로 돌아왔다. 직감적으로 내가 감당하기 힘든 일이 일어났다는 것을 알 수 있었다. 사장님이 잠적한 것이다. 나는 월급 60만원이 먼저 생각났다. 당시 그 돈은 한 달 치 생활비였기 때문에 어떻게 해야 할지 막막했고 앞이 깜깜했다. 사장님이 계속 연락두절이었기 때문에, 나는 어렵게 가까운 고용노동부를 찾아갔다.

오랜 기다림 끝에 내 순서가 왔다. 단아한 회색 머리를 한, 중년을 조금 지난 듯한 여성 공무원이 눈앞에 있었다. 그 사람의 얼굴을 보니 참고 있던 눈물부터 쏟아졌다. 상황을 설명하면서도 눈물이 멈추지를 않았다. 하지만 그 공무원의 표정은 처음부터 아무런 변화가 없었고, 이러한 경우는 아무것도 할 수 없다는 말을 하고는 울고 있는 나를 내쫓듯이 업무처리를 했다. 그렇게 차가운 사람 앞에서 눈물을 보인 내가 바보 같고 추한 존재 같았다.

그 일 이후로 관공서에 가는 게 꺼려지고 무서워졌다. 동사무소나, 은행도 마찬가지였다. 삶을 최대한 단순하게 만드는 노력을 아무리 한다 해도 일 년에 한두 번은 가게 되는 곳이 그런 곳인데, 갈 때마다 고역이었다. 나는 그런 곳에서 말을 더듬는다. 주소 이전이라든지, 간단한 서류를 떼는 일조차 세상에서 가장 어려운 일이 되어버린다.

지난해 오랜만에 동사무소에 갔다. 사무적이고 딱딱한 말투지만 그리 불친절한 것은 아닌 젊은 여성 공무원이 앉아 있었다. 나는 필요한 서류 몇 가지를 얘기하고 초조하게 기다렸다. 문득 복도 끝에 세로로 난 창문이 눈에 들어왔다. 창문 너머에서는 나무가 희미하게 흔들리고 있었고 나뭇잎 사이로 햇살이 반짝거렸다. 나도 모르게 미소가 나왔다.

그 일 이후로 나는 관공서에 갈 때면 꼭 창문을 먼저 찾는다. 창문 너머에서 흔들리는 나무를, 반짝거리는 나무를 먼저 찾는다.

아
빠
의
난
초

우리 아빠는 이름이 세 개다. 일제 식민지 시절에 얻은 일본 이름 이와모토
○○○○, 가난한 집안에서 얻은 이름 이종○, 형편이 나은 집에 양아들로
가서 얻은 이름 이용○. 아빠는 아직 일본어를 기억한다. 어렸을 때 다정했던
일본인 음악선생님이 자주 생각난다고 했다. 일본이 패전해 본국으로 돌아갈
때 음악선생님이 탄 배가 태풍을 만나 좌초되었다는 소문을 듣고 마음이 많이
아팠다고 했다.

영화 〈라 스트라다〉를 보다가 몰래 눈물을 훔치고, 문성길의 권투시합을 보다가
두 주먹을 불끈 쥐고, 매일 아침 실눈을 뜨고 보수 신문을 읽고, 장애를 지닌
암탉이 다른 닭들에게 구타와 따돌림을 당하는 것을 보고 무리와 분리해
극진히 보살피고, 못생겨서 '몬돌이'라는 이름을 붙여준 강아지가 급성장염에
걸려 죽어가자, 택시를 타고 찾아간 문 닫힌 동물병원 앞에서 강아지에게
인공호흡을 했던 아빠. 그런 몬돌이를 가로수 아래 차디찬 땅에 묻어주며
눈물을 삼킨 아빠.

세 개의 이름 어디에도 적응하지 못하는 아빠는 깊은 서랍 속 자신의 일기장에
써놓은 한 문장처럼, 여전히 '에트랑제'다.
아빠는 평생 쉬지 않고 일했지만 여전히 자신이 뿌리 내릴 흙 한 줌 없이
살아가고 자신이 속한 세계를 언제나 낯설어하면서 이곳까지 떠밀려왔다.
하지만 아빠가 이방인이었기에 오히려 더 큰 유산을 남겨주었다는 것을
아빠는 알고 있을까.

난초를 좋아해서 내 이름을 난초난, 꽃뿌리영으로 지었다는 아빠는, 내가 어렸을
적부터 성인이 되어 집을 떠나기까지 난초 화분을 많이 키웠다. 하지만 이사를
자주 하면서 아빠의 그 많던 난초 화분은 하나둘씩 깨지고 버려졌다. 이제는
텔레비전 옆, 어두운 곳에서 먼지 가득 덮어쓴 호접란 하나가 남았다.

아빠가 나에게 남긴 유산은 기억이다.
그 기억은 대부분 흙에 관한 것이다.

어렸을 때 그린 나무

국민학교 시절, 미술시간에 야외로 그림을 그리러 나갔을 때의 일입니다.
선생님과 함께 근처 산에 오른 아이들은 교실을 벗어난다는 게 마냥 좋아
소풍을 온 듯이 들떠 있었습니다. 선생님은 봄꽃처럼 신난 아이들 사이에서,
원하는 자리에 앉아서 그림을 그리라는 이야기를 몇 번이나 해야 했습니다.
내성적이고 수줍음이 많았던 저는 미술시간을 좋아했습니다. 부모님이
장사하러 나가고 언니들이 어린 나를 따돌리고 놀러 나가면 어두운 방에 혼자
남아 그림을 그리곤 했습니다. 집에 있던 동화책에서 마음에 드는 그림을
따라 그리기도 하고, 당시 유행했던 만화 캐릭터 오로라공주의 예쁜 얼굴을
그리기도 했습니다. 한참 그림을 그리다가 올려다 본 창밖. 어둠이 내려앉기
시작할 무렵, 온 세상을 물들였다 사라지는 찰나의 파란 색깔도 좋아했습니다.

야외 미술수업이 있던 그날, 저는 눈앞에 있던 나무 하나를 그리고
있었습니다. 그리 크지도 작지도 않은 나무였는데 나무에 울퉁불퉁 굴곡이

제법 많았습니다. 나무 전체를 그리려니 자꾸만 굴곡진
부분이 눈에 보여 작은 부분을 묘사하게 되고, 작은
부분을 그리다 보니 큰 형태가 틀린 것 같아 다시 시야를
넓혀 그리기를 반복했습니다. 정말 집중하고 있었기
때문에 선생님이 제 뒤에 서 있는 줄도 몰랐습니다.
그런데 선생님이 갑자기 아주 큰 소리로 말씀하셨습니다.
"애들아, 여기 와서 난영이가 그린 나무를 봐! 대단하구나.
나무를 정말 잘 그렸구나!"

제 그림을 보고 칭찬을 아끼지 않은 선생님과 아이들의
웅성거림 때문에 저는 무척 부끄러워졌습니다. 아이들
여럿이 몰려와 제가 그린 나무를 보고는 많은 말을 했고,
칭찬을 별처럼 쏟아냈습니다.
평소 그림자처럼 지냈던 저는 그 순간이 얼마나 기뻤는지
모릅니다. 눈에 보이는 대로 나무를 그렸을 뿐인데 그게
그렇게 대단한 일인지도, 그림을 잘 그린다는 것이 그렇게
칭찬받을 만한 일인지도 몰랐습니다.
그 이후로 친구들 사이에서 저는 그림을 잘 그리는 아이로
소문이 났고 나무를 그려달라는 부탁을 받기도 했습니다.
그러면 저는 으쓱해져서 일부러 더 멋있는 자세로 앉아
나무 하나를 쓱싹 그려주곤 했습니다.

그때 제가 그린 나무는 크고 멋있는 아름드리나무가
아니었습니다. 그런데도 선생님이나 친구들이 그 나무
그림을 좋아한 이유는 아마도 그 나무가 사실적이어서
그랬던 것 같습니다. 제가 그린 나무는 벗겨진 나무껍질,
움푹 파인 옹이 자국, 이유를 알 수 없는 거친 곡선들….
허공에서 길을 찾으며 몸부림쳐 온 그런 나무 한
그루였습니다.

6부

호주머니 속 씨앗들

슈퍼 아주머니의 달맞이꽃

집 앞 슈퍼 아주머니는 꽃 화분을 참 좋아한다. 치자꽃나무, 천사의나팔꽃,
채송화, 카네이션, 달맞이꽃, 할미꽃, 수레국화, 끈끈이대나물, 나비란, 라일락,
게발선인장, 홍콩야자, 바위솔, 천년초 등 수많은 화분들이 아이스크림 냉동고
앞에 빼곡히 진열되어 있다.

그중에서도 생명력이 강하고 매년 꽃도 큼지막하니 잘 피우는 달맞이꽃이
가장 많다. 매년 봄, 마을 사람들이 모퉁이를 돌아 슈퍼 앞을 지날 때면
달덩이처럼 환한 달맞이꽃에 시선을 빼앗기곤 하기 때문에, 아주머니는 다른
꽃보다는 내심 달맞이꽃을 더욱 세심히 보살피는 것 같았다.

내가 어렸을 때 드라마 〈서울의 달〉의 인기가 대단했다. 가난한 사람들의
사랑과 도전과 실패, 그럼에도 끝내 삶을 긍정하는 주인공들의 눈물겨운
인생사에서 많은 이들이 위로를 얻었다. 그 드라마 때문인지 내 마음속 '서울의
달'은 언제나 '얼마 남지 않은 낭만' 같은 것이었다.

슈퍼 아주머니의 달맞이꽃 덕분에 서울의 달을 올려다보는 일도 잦아졌다.

얼마 전, 올봄의 첫 번째 달맞이꽃이 피었다. 그런데 하필 그날따라 어찌도
바람이 많이 부는지 꽃들이 고꾸라질 듯이 크게 요동치고 있었다.
아주머니는 올해 처음 핀 꽃이 혹여나 바람에 꺾일까 노심초사하다가, 꽃대와
꽃받침을 잇는 부분에 스카치테이프를 둥둥 감아놓았다.

풀잎 하나를 그리는 일에 대하여

길을 가다가 무심코 눈에 들어온 풀 한 포기를 집에 와서 그려보는데 아무리
그려도 그 풀이 아니다.
그 풀의 잎은 가늘어도 힘 있게 하늘로 뻗어 있었고, 한없이 가벼워 보였지만
뿌리 내린 곳에서는 나무만큼이나 묵직했고, 연한 풀색이었다가 다시
뒤돌아보면 아주 진한 녹색이었고 바람에 흔들릴 때면 반짝거렸는데.

땅속 깊은 어두움을 견뎌내고 공중에 자유롭게 그어놓은 한 획으로 무심히
흔들리던, 그 풀이 아니다.

그런 삶을 살아내라.
그 한마디만 자꾸만 귓가에 맴돈다.

삼
림
욕

아빠들의 공통점.

1. 산을 좋아한다.
2. 더덕을 좋아한다.
3. 엄마 속을 썩인다.

우리 아빠 역시 세 가지 모두에 해당한다.
그래도 나는 아빠를 잘 따른 막내딸이었다.

"아빠, 산에 간다."

아빠가 말씀하시면 나는 신이 나서 그 길을 따라 나서곤 했다. 아빠와 나는
특별히 많은 대화를 나누지는 않았다. 짙은 녹음 속에 작게 난 오솔길을 아빠가
앞장서 걸으면 나는 조용히 그 뒤를 따라갈 뿐이었다. 아빠는 간혹 발걸음을

멈추고 더덕 향이 난다며 한참 더덕을 찾기도 했다.

얼마 후, 아빠는 흙투성이 손으로 더덕 한두 뿌리를 들고 나타나 나에게 냄새를 맡아보라고 했다.

흙이 주먹을 쥔 것 같은 냄새가 났다.

더덕 이외의 이유로도 아빠는 종종 발걸음을 멈추곤 했다. 갑자기 걸음을 멈춘 아빠는 눈을 감고 두 팔을 크게 벌려 숨을 들이마시고 내뱉고를 반복했다. 산에서 나무들 사이에서 목욕하는 것이라며, 그게 삼림욕이라고 했다.

어느덧 앞장서 걷고 있던 아빠의 뒷모습이 나뭇잎처럼 푸르고 가벼워 보였다.

호박꽃 여인

옥상에서 키우는 작물 중에서 매년 심지만 매번 실패하는 작물이 호박이다. 올해는 마디마디마다 호박이 맺힌다고 해서 이름이 '마디호박'이라는 호박 모종을 몇 개 사서 심어보았는데, 마디마디 맺히기는커녕 시원찮은 열매 한두 개만 덩그러니 열리고는 끝이었다. 내 마디호박은 꽃만 여럿 피우고 서서히 죽어갔다.

어렸을 때 아빠가 호박을 심는다고 구덩이를 큼지막하게 파면 얼마 안 가 커다랗고 노란 호박이 줄기 사이사이에 열려 있던 기억이 난다. 그러면 엄마는 호박전을 부치거나 호박죽을 끓이거나 했다. 그래서 나는 호박이 대단히 키우기 쉬운 작물인 줄 알고 있었다.

아파트 베란다에서 호박을 키우는 사람들은 주로 호박꽃을 보기 위해 관상용으로 키운다고 하지만, 나는 호박 열매를 먹고 싶기 때문에 집에서 가장 큰 화분에 밑거름을 듬뿍 넣어서 심는데도 잘 안 된다. 쑥갓처럼 매년 꽃구경만 실컷 하고 있다.

그래도 노란 호박꽃이 활짝 피면 얼마나 예쁜지 모르겠다. 시골에서 이제 막

대도시로 올라온 여인 같다. 대도시에서는 속마음도 좀 감출 줄 알고 온정도
덜 나누고 자기 잇속도 챙길 줄 알아야 할 텐데, 호박꽃 여인은 한물간 노란
원피스 차려입고 어찌나 활짝 웃고만 있는지.

잔가지 떨어진 날

바람이 많이 불던 날, 동네 산책길에 나섰다. 사방에서 불어오는 바람을 있는 그대로 맞고 있으니 내 마음에 쓸데없는 걱정들도 모두 바람 따라 사라지는 것 같았다.

공원에 있던 나무 한 그루가 세찬 바람 속에서 수많은 나뭇잎과 잔가지를 떨어뜨리고 있었다. 아, 바람 속에서 나무가 한결 가벼워졌구나….

한결 가벼워진 나는 기분이 좋아져서 집을 향해 앞으로 엎어질 듯이 뛰어갔다.

식물이 주는 위안

서른 되던 해, 꽃집을 하던 친구에게서 뱅갈고무나무 화분 하나를 얻어와 키웠다. 모든 게 낯설기만 한 도시에서 그 화분은 내게 큰 위안이 되었다. 나는 고마움에 보답하기 위해서 나무에 먼지가 앉을 새도 없이 잎을 닦았고, 공중 분무도 자주 해주었다. 식물이 수분을 가득 머금고 기분 좋아졌다는 느낌이 들면 나도 기분이 좋아졌다.

아룬다티 로이는 《작은 것들의 신》에서 서른을 "늙지도 젊지도 않은, 하지만 살아도 죽어도 이상할 것 없는 나이"라고 했다. 나에게 서른은 눈물이 몸 안으로 흐르는 게 이상할 것 없는, 아이도 어른도 아닌 존재가 속으로 울기 시작하는 나이였다. 그때 큰 위안이 되어준 것이 식물이었다. 식물을 돌보면서 안정을 얻기도 했지만, 식물 곁에서 사람이 쉬는 그림을 그리기 시작하면서 또 다른 위로를 얻었다.

아직도 내 마음속에 숲이 있다면

조용히 걸어 들어가

엎드려서 울어야지.

20140120 蘭

옆집 아주머니의 화분들

언제나 현관문 앞에서 마늘을 찧는 옆집 아주머니는 지난 몇 년간 나날이
쇠약해져가는 아저씨를 데리고 자주 병원에 갔다. 아주머니와 아저씨는
서로를 부축해가며 시내에 있는 병원에 다녔는데, 아저씨는 점점 아주머니의
걸음을 따라가지 못해 자주 뒤처졌고, 아주머니는 자꾸만 뒤를 돌아보며
걸음을 재촉하곤 했다.

어느 날 119 구급대원들 서너 명이 번개 같은 속도로 골목길 안으로 뛰어
들어왔다. 옆집 아주머니네 집이었다. 구급대원들은 축 늘어진 아저씨를 등에
업고 다시 번개 같은 속도로 마을 계단을 내려갔다. 구급대원의 등에 업혀 집을
떠나간 아저씨는 그 길로 다시는 돌아오지 못했다.

아주머니는 아저씨를 먼저 떠나보내고
하나둘씩 꽃 화분을 들이기 시작했다.

왕관을 쓴 나무

유난히 추웠던 겨울,
나는 겨울을 원망하다 세월을 다 보냈다.
원망이 원망을 낳아 세상이 다 원망스러웠다.

봄이 왔는데, 봄마저도 미웠다.
나는 눈이 녹듯 다가온 봄을 제대로 바라보지 못하고 땅만 보며 걸었다.

그러다 문득 고개를 들어 보니
나무에 꽃이 활짝 피어 있었다.

마치 왕관을 쓴 이 세상의 모든 왕들이
내 앞에 서 있는 것 같았다.

우
리
의

기
도

비와 함께 바람도 매우 거셌는데요.
강풍 피해는 어느 정도였습니까?

네. 이번 비는 강한 바람도 동반했는데요. 어제 오후 여섯 시쯤 서울 갈현동
도로에 있는 가로수 한 그루가 바람에 뽑혀 쓰러졌습니다. 다행히 다친 사람은
없었습니다. 당시 퇴근길 차량 통행이 잠시 지체되기도 했지만 소방당국의
출동에 15분 만에 나무를 치웠습니다.

이번 비로 피해를 입은 축사도 제법 많습니다. 폭우에 돼지들이 물에
떠내려가면서 아프리카돼지열병이 다시 퍼질 우려가 커지고 있습니다.

"1차 동물시험 성공!" "코로나 백신 청신호!"

한동안 멈추어 있던 인간 세계는 다시 기지개를 펴기 시작했다.
강풍에 쓰러지는 가로수들 위로
빗물에 떠내려가는 돼지들 위로
바이러스에 쓰러져가는 사람들 위로.

지난한 장마는 도무지 끝날 기미가 보이지 않았다. 콘크리트에 구멍을 낼
듯 거센 폭우가 이따금씩 내렸고, 뉴스는 '죽어가는 것들'에 대한 이야기로
가득했다. 뉴스는 우리가 죽어가는 것을 '사랑할' 틈도 없이, 빠르게 그다음
죽어가는 것에 관해 얘기했다.

눅눅해진 지하철, 얼굴의 반을 가린 하얀 마스크들.
사람들은 저마다 작은 나무 한 그루씩을 마음속에 품고 있는지도 모른다.

그렇게 이 문명의 그늘을 견뎌내고 있는지도 모른다.

어떤 이에게는 드넓은 벌판에 흐드러지게 피어난 들꽃이

어떤 이에게는 어릴 적 뒷동산을 수놓았던 진달래가

어떤 이에게는 고향 집 마당의 늙은 감나무가

어떤 이에게는 크기를 가늠할 수조차 없는 거대한 나무 한 그루가

많은 이들이 그렇게 숨겨놓고 살고 있는지도 모른다.

그것마저 빼앗긴다면 더이상 숨 쉴 수 없게 될지도 몰라

고이고이 간직하고 있는, 우리를 간신히 버티게 하는

나무 한 그루.

사람들은 기도한다.

숨을 쉴 수 있게 도와달라고.

우리도 당신처럼 아름다워질 수 있게 도와달라고.

나무에게 기도한다.

호
주
머
니
속 씨
앗
들

언젠가부터 길 가다 주워 모은 꽃이나 나무의 씨앗을
호주머니에 넣고 다니는 게 버릇이 되었습니다.

내 키보다도 수십 배나 크게 자랄 씨앗을 호주머니에 넣고 다니며
어둠 속에서 만지작거리다 보면 어느새 다 자란 나무가 눈앞에 선명하게
그려집니다.

어떤 나무는 그곳에서 자랐습니다.

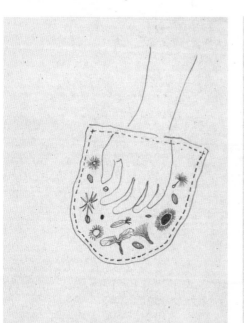

나무의 어두움에 대하여

초판 1쇄　　2023년 3월 8일
초판 2쇄　　2023년 5월 7일
지은이　　　이난영

펴낸곳　　　소동
등록　　　　2002년 1월 14일(제19-0170)
주소　　　　경기도 파주시 돌곶이길 178-23
전화　　　　031·955·6202　　070·7796·6202
팩스　　　　031·955·6206
페이스북　　https://www.facebook.com/sodongbook
전자우편　　sodongbook@gmail.com

펴낸이　　　김남기
편집　　　　시옷공작소
디자인　　　여YEO디자인
마케팅　　　남규조
홍보　　　　하지현

ISBN　　　　978-89-94750-66-8 (03810)